看故事學語文

看故事
學句子 ❷

扭轉結局的辦法

方淑莊　著

新雅文化事業有限公司
www.sunya.com.hk

看故事學語文

看故事學句子 ②
扭轉結局的辦法

作　　者：方淑莊
插　　圖：靜宜
責任編輯：葉楚溶
美術設計：李成宇　鄭雅玲
出　　版：新雅文化事業有限公司
　　　　　香港英皇道 499 號北角工業大廈 18 樓
　　　　　電話：（852）2138 7998
　　　　　傳真：（852）2597 4003
　　　　　網址：http://www.sunya.com.hk
　　　　　電郵：marketing@sunya.com.hk
發　　行：香港聯合書刊物流有限公司
　　　　　香港荃灣德士古道 220-248 號荃灣工業中心 16 樓
　　　　　電話：（852）2150 2100
　　　　　傳真：（852）2407 3062
　　　　　電郵：info@suplogistics.com.hk
印　　刷：中華商務彩色印刷有限公司
　　　　　香港新界大埔汀麗路 36 號
版　　次：二〇一九年六月初版
　　　　　二〇二四年三月第二次印刷

ISBN: 978-962-08-7314-0
© 2019 Sun Ya Publications (HK) Ltd.
18/F, North Point Industrial Building, 499 King's Road, Hong Kong
Published in Hong Kong SAR, China
Printed in China

目錄

推薦序一 ---------------------------------- 5

推薦序二 ---------------------------------- 6

自序 ------------------------------------ 8

四素句
  幫倒忙的阿寶 -------------------------- 10

肯定句、否定句和雙重否定句
  放假還是不放假？ -------------- 24

條件複句
  知難而退的王子 ---------------- 40

轉折複句
  扭轉結局的辦法 ---------------- 56

答案 ----------------------------------- 72

很高興得悉方淑莊老師所撰寫的《看故事學語文》系列叢書大受歡迎，家長更希望方老師繼續寫一些生動有趣的故事，令孩子從中得到啟發，增長他們語文知識和能力，所以今年又有《看故事學句子》的嘗試。方老師的努力實值得欣賞。

一如以往，故事還是發生在王國裏，主角都是國王、王子和侍從等，每一個角色的性格都很鮮明，發生的事都很有趣，可看出方老師的心思。其實要寫這類文章並不簡單，構思的故事要合情合理又能令人會心微笑，實在需要不少的創意。

我和其他家長一樣，也很期待方老師的新書面世，讓學生繼續可以一邊閱讀，一邊學習句子。一舉兩得，多好。

陳家偉博士

優才書院校長

　　我很榮幸受到方淑莊老師所託，為她的新書撰寫序言。方老師在我校任職中文教師超過十年，我見證着她這些年為教學理想而作出的種種努力。方老師所設計的課堂讓學生跳出沉悶的教與學框架，以活動形式學習，每堂課都生動有趣，學生踴躍地參與其中。我還記得她親自編曲，寫成故事《大自然真可愛》，教導孩子們學習動物和大自然的聲音，孩子們邊唱邊跳，輕而易舉地學會了擬聲詞。下課後，孩子們還津津樂道，唱個不停，跳個不休。

　　一篇好的文章，除了講求結構及修辭之外，文句通順與否亦很重要。因此，學習句子是建立寫作基礎的重要一環。為了讓孩子們從愉快中學習各種句子的寫法，方老師可謂不辭勞苦。除了構思有趣的故事之外，還要把學習重點融入到故事當中，實屬不易。本書《看故事學句子》中的故事，以簡潔易明的字詞寫成，內容淺白有趣，是小學生課餘閱讀的好材料。方老師筆下的包包王子、森森王子、阿東等，都是一個個活潑生動的角色，故事情節更是曲折離奇、充滿驚喜，使人開始閱讀

後便欲罷不能，相信同學們在閱讀本書時能找到樂趣之餘，亦能感受到方老師的用心。

　　方老師犧牲自己的休息時間，從繁忙的教學工作中抽出時間寫作，實屬難得。如今方老師的新作能順利出版，我衷心地為她感到高興。希望她能堅持不懈，繼續為理想奮鬥，將來出版更多富教育意義並充滿趣味的書本，和更多同學分享學習語文的樂趣。

李業富博士

優才教育基金會主席
天才教育協會創會會長
優才書院、香港數學奧林匹克學校創辦人

　　學習中文是個漫長且需要堅持的過程，我們不可奢望可以一蹴而就。要有扎實的語文根基，就必需按部就班。字不離詞，詞不離句，句不離文，句子是構成文章的基本，因此句子教學是語文教學中重要的一環。初小的孩子剛踏入學習書面語的基礎階段，讓他們掌握不同的句子，理解句子的組成，更是一項重要的任務。

　　教導小孩，要避免把事情複雜化，強行說出複雜的準則、理論，只會令孩子混亂，甚至失去學習興趣。我深信，把複雜道理簡單化，抽象事情具體化，才是最有效的學習方法。教育最重要是提高學生對學習的興趣，而以故事模式學習語文正能達到這個目標。

　　對初小學生來說，興趣是他們學習的最大動力。幾年前，我開始撰寫《看故事學語文》系列，希望透過故事，讓孩子透過生動、活潑的方法學習不同的語文知識，讓他們在故事情境中學習和體會，提升學習的興趣和能力。轉眼間，我已經完成了《看故事學修辭》、《看故事學標點符號》、《看

故事學閱讀理解》，感謝出版社和讀者們的幫助和支持，今年再度推出《看故事學句子》。《看故事學句子》從最基本的直接句、轉述句、四素句等說起，並輯錄了幾個初小常用的複句，讓學生輕鬆學習不同的句子，幫助他們順利過渡到段落及篇章寫作。

　　工作雖忙，但我希望可以為孩子多走一步，讓他們愛上語文，愛上閱讀，把閱讀變成學習中最快樂的環節，不要以為學習語文只是一件沉悶的事情。

方淑莊

四素句

幫倒忙的阿寶

　　句式國國王是一個講究飲食的人，對食物的味道非常執着，為了滿足他的需要，廚房裏的廚師每天都很忙碌，而總廚師布先生更是忙得不可開交，除了要統籌各廚師的工作，還要設計不同特色的美食。恰巧，他的助手有要事要請假，布先生的工作就變得更繁忙了。為了減輕自己的工作，他臨時聘請了一個替工——阿寶。阿寶是一個年輕的男生，做事都很勤快，不過性格有點兒大意和衝動。

　　今天是阿寶上班的第一天，一大清早，

四素句

肯定句、否定句和雙重否定句

條件複句

轉折複句

他便來到廚房，等待布先生安排工作。到了中午，他終於有一個任務，心裏既興奮又緊張。布先生一面為國王製作午餐，一面跟阿寶說：「國王想吃桃子，但庫存裏的桃子剛吃完了，請你吩咐雜工阿古明天早上到藍村的市集購買一籃吧！」話未說完，侍從阿東就來到廚房請布先生立即去見國王。布先生吩咐阿寶先寫好便條，等他回來過目，可是阿寶想到藍村距離王宮甚遠，就算乘坐馬車，都得花上幾個小時，一時情急下，還未等到布先生回來，就擅自在便條上寫着：「阿古到藍村買一籃桃子。」然後交到阿古的手中了。

跟國王見面後，布先生回到廚房，便忙着處理其他事情，把剛才買桃子的事情忘記了。過了一會兒，布先生需要找雜工阿古幫

忙，可是找遍整個王宮都找不到他，<u>阿寶</u>知道後對<u>布</u>先生說：「御廚先生，我一時心急，把字條交給<u>阿古</u>，相信他已經出發到<u>藍村</u>買桃子了。」<u>布</u>先生說：「<u>藍村</u>的水果店只會在早上營業，乘坐馬車到<u>藍村</u>要花上幾個小時，沒可能趕得及去買，我明明吩咐<u>阿古</u>明天早上五時才出發的。」他心裏感到很奇怪。

這時，<u>阿寶</u>才記起自己忘了把時間寫上。<u>布</u>先生知道後很生氣，可是<u>阿古</u>已經出發去了，他知道做什麼也無補於事[①]，只好安慰自己說：「沒關係，沒關係，最重要是國王可以吃到新鮮的桃子。」然後叮囑<u>阿寶</u>

釋詞 ① **無補於事**：對事情沒有幫助。

要小心處事。

　　經過幾小時的路程，阿古終於到達藍村，可是市集裏空無一人，他走出市集問路人，才知道這裏的水果店只在早上營業。可憐的阿古不敢空手而回①，身上又沒有多餘的金錢，只好在藍村露宿一宵，等着水果店明天開門營業。第二天早上，阿古買了桃子，便趕緊回到王宮去，他又餓又累，還着涼了，休息了一整天才好過來。

　　下星期便是國王的生日宴會，布先生打算在今天下午二時於院子舉行一個試味會，邀請大臣們來品嘗幾個新創作的小菜，順道收集一下意見。他吩咐阿寶幫忙寫出試味會

- -

釋詞　① 空手而回：兩手空空的回去，比喻一無所獲。

藍村市集

的資料，貼在告示板上，好讓大臣們來參加。阿寶知道上次因忘記在阿古的便條中寫上時間，害得他要在藍村露宿，還冷得生病了，心裏很內疚。這次，他不停提醒自己，緊記要清楚地寫上時間。

　　他在告示板上寫上：「今天下午二時，

御廚<u>布</u>先生舉行試味會。」

　　<u>布</u>先生整個上午都留在廚房裏用心準備食物，還把院子佈置得非常精美，到了下午二時，他把熱騰騰的美食拿出來，滿有期待地等着大臣們到來。怎料，他等了很久，還未有人前來，盤中的食物都變得冷冰冰了。

四素句

肯定句、否定句和雙重否定句

條件複句

轉折複句

布先生覺得奇怪極了，心想：明明已發了告示，怎麼一個人都沒有呢？於是，便走到告示板前查看一下。一看！他終於知道為什麼沒有大臣來參加他的試味會了。可憐的布先生白忙了一個早上，心裏很不高興，他命人立即把那些變壞了的食物丟掉，還要把那個壞了大事的阿寶送走。

句子小教室

　　使用四素句，可以完整交代一件事情，可是阿寶的性格既衝動又大意，寫句子時經常欠缺了某些元素，令人不能完全明白句子的意思。他先是忘記在句子中寫上時間，害得阿古要在藍村露宿一宵，還生病了。接着，他忘掉在句子寫上地點，令大臣們不知道試味會的舉行地方，把布先生的心血都白費了。

什麼是四素句？

　　四素句是指一句句子中包括**時間**、**人物**、**地點**和**事情**四個元素，這些都是能交代一件事情的基本資料。當然，句子的變化有很多，當句子越複雜，元素就越多了。

　　掌握四素句，不但在閱讀上有幫助，對訓練寫作也很有作用。運用四素句可以完整而簡明地寫出一件事，從句到段，從段到文，一步一步學習。

四素句結構：
時間＋人物＋地點＋事情

例子

1. 一大清早，<u>阿寶</u>便來到廚房，等待<u>布</u>先生安排工作。

時間：一大清早

人物：<u>阿寶</u>

地點：廚房

事情：等待<u>布</u>先生安排工作

2. 明天早上，<u>阿古</u>到<u>藍村</u>市集購買一籃桃子。

時間：明天早上

人物：<u>阿古</u>

地點：<u>藍村市集</u>

事情：購買一籃桃子

句子練習

一、分辨以下的詞語屬於哪些元素,在括號內填上代表
的英文字母。

A. 時間	B. 人物	C. 地點	D. 事情

例子 早上 （ A ）

1. 夏天 （ ） 2. 國王 （ ）

3. 學校 （ ） 4. 上課 （ ）

5. 星期六 （ ） 6. 畫畫 （ ）

7. 游泳 （ ） 8. 森林 （ ）

9. 唱歌 （ ） 10. 吃飯 （ ）

11. 每天 （ ） 12. 聖誕節 （ ）

13. 小狗 （ ） 14. 公主 （ ）

15. 老師 （ ） 16. 餐廳 （ ）

17. 參加派對 （ ） 18. 去年 （ ）

二、找出以下句子中欠缺的元素（時間、人物、地點、
　　事情），把答案填在橫線上。

例子　星期天的早上，我跟朋友參加百萬行。

　　　　句子中欠缺＿＿＿地點＿＿＿。

1. 夏天到了，我們在海灘。

　　句子中欠缺＿＿＿＿＿＿＿。

2. 同學們在操場上進行比賽。

　　句子中欠缺＿＿＿＿＿＿＿。

3. 中午時，在餐廳裏吃午飯。

　　句子中欠缺＿＿＿＿＿＿＿。

4. 聖誕節快到了，我裝飾聖誕樹。

　　句子中欠缺＿＿＿＿＿＿＿。

5. 假日時，我和媽媽到商場去。

　　句子中欠缺＿＿＿＿＿＿＿。

三、根據下面提供的詞語，寫四素句，並加上適當的標點符號。

1. 早上

_____

_____

2. 看書

_____

_____

3. 郊野公園

_____

_____

肯定句、否定句和雙重否定句

放假還是不放假？

　　國王政務繁忙，每天都會收到很多不同的建議、訴求和投訴，因此他設立了一個信箱，讓各人表達意見。他吩咐<u>包包</u>王子負責每天開啟信箱，然後即時讀出字條內容，並根據國王的回覆寫在字條上。

　　<u>包包</u>王子打開第一張字條，向國王讀出工程師<u>阿羅</u>寫的內容：「最近經常下大雨，加上沒有足夠的木材，所以修築大橋的工作不能在新年前完成……」他的話還沒有說完，國王已露出一副不耐煩的表情，說：「停了，停了，什麼『沒有』、『不能』，聽得

我心煩意亂①。」然後便氣沖沖地離開了會議室。<u>包包</u>王子心裏覺得很委屈，說：「我只不過是直接把字條上的字讀出來，為何國王會如此生氣？是我犯了什麼錯嗎？」

釋詞 ① **心煩意亂**：心裏煩躁，思緒雜亂。形容內心煩悶、焦躁。

侍從阿東看見包包王子愁眉苦臉地坐在會議室裏，心有不忍，便主動上前幫忙，說：「我很了解國王的性格，他工作時不喜歡聽到『否定』的字詞，什麼『不能』、『沒有』、『不是』等字詞千萬不要說出來啊！」

這時，包包王子才記起幾年前的一件

事。當時，國王想整理全國的人口戶籍，打算舉行一次人口登記，他覺得這件事情很重要，心裏很想趕快完成工作，便對一個官員說：「務必在一個星期之內完成登記。」可是句式國的人口多達一百萬，一個星期的時間實在太短，不可能完成工作的。官員便回

27

答說：「國王，要完成登記人口的任務不容易啊！不可能在短時間內完成啊！」國王一聽到「不容易」、「不可能」，立即怒容滿面，想也不想，便咆哮着喊道：「我討厭聽到『不』字，你為什麼要否定我交給你辦的事情！」官員嚇得面色蒼白。

幸好，另一個聰明官員立即把說話稍為修改，說：「國王，要完成登記人口的任務很困難啊！相信要多點時間才可以完成啊！」國王聽了他的話，竟然冷靜下來，說：「你這建議很好！就用一個月時間吧！」會議結束後，國王還稱讚他的話很有道理，很有建設性。會議室裏的人都覺得很奇怪，明明兩個官員的說話意思相同，卻有不同的結果。

<u>包包</u>王子終於知道自己犯了什麼錯誤

了，就是忘記了國王處理政務時很不喜歡聽到否定的字詞。因此，他便向<u>阿東</u>請教，<u>阿東</u>提醒他：「向國王匯報時不要運用否定句，避免使用『沒有、不、勿、不是、別、非⋯⋯』的字詞，以免惹怒國王。」還說：「遇上看不懂的，不要勉強，找個機會讓我來幫忙。」

第二天，<u>包包</u>王子緊記<u>阿東</u>的話，每次讀出信件前都把收到的信件小心翼翼地看一遍，然後把所有否定句都以肯定句來表達。<u>紫村</u>村長寫着：「為了保障居民，垃圾堆填區不應該建在民居附近。」<u>包包</u>王子便跟國王說：「為了保障居民，垃圾堆填區應該遠離民居。」<u>藍村</u>村長的信件寫着：「經過幾天的民意調查，沒有一人反對村長連任。」<u>包包</u>王子便說：「經過幾天的民意調查，所

有人都支持村長連任。」果然，國王沒有因此而發怒，還覺得<u>包包</u>王子處事很有效率，對他讚口不絕。

　　<u>森森</u>王子知道了這件事後，心裏十分妒嫉，便想出了一些詭計。他寫了一張字條，然後投入信箱裏。

字條上寫着：

> 　　水庫的修葺工作很順利，沒有一個工人不努力，他們不會因為任何理由而不繼續工作。我每天都嚴厲監督工人，提醒他們切勿選用不合規的材料。我沒有一分一秒不想國王來巡視。

　　在會議室裏，<u>包包</u>王子重複把字條看了幾遍，還是看不明白，喃喃自語地說：「沒有人……不努力……不會……不繼續……」然後站在國王面前說不出話來。<u>阿東</u>心中知道一定是<u>森森</u>王子故意刁難，便向他用眼神示意了一下。<u>包包</u>王子假裝身體不舒服，要先行告退，<u>阿東</u>向國王表示願意代王子讀出字條，國王不想耽誤政務，便答應了。

阿東說：「森森王子表示，水庫的修葺工作很順利，所有工人都很努力，在任何情況都會繼續工作。他每天都嚴屬監督工人，提醒他們選用合規的材料。他每一分每一秒都想國王來巡視。」

國王說：「很好！我明天會過來巡視工地。工人們整天工作一定很辛苦，明天讓工

人放假，請<u>森森</u>王子安排一下！」

　　會議結束後，<u>阿東</u>便在字條上寫上了國王的回覆。

> 國王明天會巡視水庫。相信你不會不認同工人整天工作不會不辛苦，明天我不得不讓所有工人不放假，請安排一下！

　　<u>森森</u>王子收到這樣的回覆，看了大半天都看不出國王的意思。他在想：究竟國王是想工人在當天繼續工作，還是放假呢？國王很快就會巡視水庫了，看來他要趕快想出答案了。

句子小教室

　　得到阿東的提醒，包包王子知道向國王匯報時必須運用肯定句，避免因為使用「沒有、不、勿、不是、別、非……」等否定字詞而觸怒國王。國王對他的工作表現十分欣賞，可是卻招來了森森王子的嫉妒。森森王子故意使用雙重否定句來刁難他，幸好再次得到阿東的幫忙，協助他完成匯報的工作。阿東輕易地把雙重否定句以肯定句來表達出來，順利完成了工作。

　　為了教訓森森王子，阿東故意把國王的回應寫成了四重否定句和三重否定句，令得他弄不清楚國王的意思，十分懊惱。

什麼是肯定句、否定句和雙重否定句？

　　陳述句包括肯定句和否定句。一般來說，對事情作肯定判斷的是肯定句；對事情作否定判斷的就是否定句，通常會使用「沒有、不、勿、不是、別、非」等字詞。

　　否定句當中還包括雙重否定句，在句中用上兩個否定詞來表達肯定的意思，以加強句子的肯定語氣，即：

否定 + 否定 = 肯定

　　至於故事中的「相信你不會不認同工人整天工作不會不辛苦」是四重否定句,「明天我不得不讓所有工人不放假」是三重否定句,四重否定句和三重否定句都是不常用的。

例子

肯定句:

為了保障居民,垃圾堆填區應該遠離民居。

否定句:

為了保障居民,垃圾堆填區不應該建在民居附近。

雙重否定句:

水庫的修葺工作很順利,沒有一個工人不努力。

句子練習

一、根據肯定句、否定句和雙重否定句的定義，填寫以下表格。

	定義
肯定句	表示_____意思的句子。
否定句	表示_____意思的句子。
雙重否定句	用兩個_____詞表示_____語氣的句子。

二、分辨以下句子屬於肯定句、否定句還是雙重否定句，
　　把答案填在橫線上。

1. 考試快到了，我會努力温習。　　　＿＿＿＿＿＿＿＿

2. 阿明是班上最聰明的孩子。　　　　＿＿＿＿＿＿＿＿

3. 所有人都不敢反抗國王的命令。　　＿＿＿＿＿＿＿＿

4. 我們不應該破壞環境。　　　　　　＿＿＿＿＿＿＿＿

5. 公平起見，你不得不退出比賽。　　＿＿＿＿＿＿＿＿

6. 沒有人不相信他是一個騙子。　　　＿＿＿＿＿＿＿＿

三、根據括號內的指示，把肯定句改寫成雙重否定句，
　　或把雙重否定句改寫成肯定句。

例子　聽到這個好消息，大家都拍手叫好。
　　　（改寫成雙重否定句）

聽到這個好消息，沒有人不拍手叫好。

37

1. 事情已經水落石出了，你得向大家認錯。（改寫成雙重否定句）

_____

_____

2. 這件事關乎到全班同學的利益，我非親自去一趟不可。（改寫成肯定句）

_____

_____

3. 沒有人可以不努力就成功。（改寫成肯定句）

_____

_____

4. 明偉是一位運動健將，他會參加這個比賽。（改寫成雙重否定句）

_____

_____

四、分辨以下雙重否定句的意思，把答案圈起來。

1. 王子對國王說：「這份計劃書不可能不是我親手做
   的。」

   句子的意思是：王子表示這份計劃書（ 是 ╱ 不是 ）
   他做的。

2. 王子希望國王不要不接納這個意見。

   句子的意思是：王子希望國王（ 接納 ╱ 不接納 ）計
   劃書中的意見。

3. 國王不得不讚賞王子的工作能力。

   句子的意思是：國王（ 讚賞 ╱ 不讚賞 ）王子的工作
   能力。

4. 閱讀國國王不會不邀請句式國國王參加這個宴會。

   句子的意思是：閱讀國國王（ 會 ╱ 不會 ）邀請句式
   國國王參加這個宴會。

條件複句

知難而退的王子

　　<u>句式國</u>有一個樣子漂亮、聰明機智的公主，她的名字叫<u>婉婉</u>。<u>婉婉</u>公主很受男生歡迎，不少王子和社會上的名人都想娶她為妻子，可是她對未來丈夫有很高的要求，除了外表俊俏、品德高尚、智勇雙全、身手敏捷，還要有精深的藝術造詣①。過往有不少人追求她，都被她一一拒絕。不管是精通武術的<u>閱讀國</u>王子，還是能歌善舞的<u>寫作國</u>王子，她都看不上眼。

- -

釋詞　① 造詣：學業或技藝達到的水平。

　　前兩天，國王收到一封來自成語國的信，成語國國王表示他的兒子基基王子將會前來拜訪，還想跟他商量一下關於婉婉公主的婚事，國王知道後十分煩惱。基基王子是個單純善良的人，不過長得又矮小又瘦弱，一定不會合乎公主的心意。

　　國王心想：要是我答應他的請求，就會犧牲了公主的幸福。可是，國王與成語國國王感情深厚，加上兩國之間還有不少合作，所以絕不能直接拒絕基基王子的。國王又想：假如我一口拒絕他，就會影響我們兩國之間的感情。國王覺得左右為難[1]，一時之間下不了決定。

釋詞　① 左右為難：無論怎樣做都有難處，指處於困境中，不易做出決定。

婉婉公主知道國王的處境，很擔心他會因此而答應基基王子的請求，想到要嫁給一個自己不喜歡的人，徹夜①未眠，她對自己說：「無論事情有多困難，我都要想出解決的方案。」幸好，在基基王子未抵達之前，聰明的婉婉公主已想到一個兩全其美②的辦法，她立即找國王商量，希望能拒絕王子的請求，卻不會令他感到難堪。

下午，基基王子帶着很多禮物來到句式國，國王和婉婉公主熱情地款待他們。在宴席上，基基王子向婉婉公主提出婚事，早有打算的公主聽到後，不慌不忙地回應：「多謝基基王子對我的厚愛，能夠成為你的王妃

釋詞
① 徹夜：整夜。
② 兩全其美：做事顧全雙方，使兩方面都得到好處。

真是我的福氣！不過，這畢竟是人生大事，我希望自己的丈夫能符合我和父王心中的條件。」基基王子覺得公主的話很有道理，便說：「公主才貌雙全，選對象當然不可以馬虎，你們儘管把條件說出來吧！」

國王摸一摸臉上的鬍子，說：「我的婉

婉公主自小嬌生慣養，要成為她的丈夫一定要武功高強，可以好好保護她。只要你可以在下個月的比武大賽中勝出，她就會成為你的妻子。」國王隨即向基基王子介紹比武大賽中的對手，他們全都是體格健碩的大將軍，基基王子看到他們魁梧的身材和強壯的

四素句

肯定句、否定句和雙重否定句

條件複句

轉折複句

手臂，感到不寒而慄。心想：不管我如何鍛煉，都不能打敗他們。

婉婉公主說：「我是一個愛浪漫的人，從小到大，都希望可以在冰天雪地中舉行婚禮，希望王子能完成我的心願。我們的第二個條件是：只要成語國下起大雪，我才可以跟你舉行婚禮。」

成語國位於熱帶地區，全年的氣溫都偏高，沒有明顯的冬季，從來都沒有下過雪。基基王子心想：除非天氣反常，我們的國家才會下雪。

基基王子覺得國王和公主提出的兩個條件都很合情理，沒有拒絕的理由。他認為，作為父親的都希望女兒可以得到照顧和保護，國王要他在比武大賽中勝出，也是正常不過的事；至於在冰天雪地中舉行婚禮是婉

婉公主從小的夢想，要她改在一個果園裏舉行婚禮，的確難為了她。

基基王子知道無論如何努力，他都不能做到國王和公主的兩個條件，只好不再提及婚禮的事，即日回成語國去了。

句子小教室

　　基基王子特意前來拜訪，想向婉婉公主提親，可是長得又矮小又瘦弱的他一定不符合公主的心意。為了公主的終身幸福，國王很想拒絕他，卻不想令基基王子感到難堪，心裏很糾結，幸好聰明的公主想出了一個辦法。

　　為了讓基基王子知難而退，國王和公主向他提出了兩個條件，基基王子知道自己未能做到，只好即日回成語國去，不再提及婚禮的事了。

什麼是條件複句？

　　條件複句由兩個有條件關係的分句組成，前面的分句提出條件，後面的分句說明這條件下所產生的結果。

　　條件複句分為以下三種類型：

一、充分條件

　　前句提出一個充分的條件（A），後句則說明此條件所產生的相應結果（B）。

　　這表示具備了某個充分的條件就足以引起那個結果，但是這條件不是唯一的條件，還可以有別的條件引

起同樣的結果。

A 是 B 的充分條件，有 A 必有 B，無 A 未必無 B。

常見的關聯詞：

只要……就……

例子

只要你可以在下個月的比武大賽中勝出，她就會成為你的妻子。

二、必要條件

前句提出一個必要具備的條件（A），後句則說明這條件所產生的相應結果（B）。

這表示某個條件是必要的，也是唯一有效的，其他條件都不行。

A 是 B 的必要條件，有 A 未必有 B，無 A 必無 B。

常見的關聯詞：

只有……才……

除非……才／否則……

例子

除非天氣反常，我們的國家才會下雪。

三、無條件

這表示在任何條件下都有同樣的結果，沒有例外。

常見的關聯詞：

不管 ／ 不論 ／ 無論 ／ 任憑……都 ／ 總 ／ 也……

例子

不管我如何鍛煉，都不能打敗他們。

句子練習

一、在橫線上填上適當的關聯詞，完成條件複句。

> 只有　只要　除非　無論　才　就　都　總

例子 無論工作有多繁重，爸爸 ＿＿＿＿都＿＿＿＿會抽空跟我們談天。

1. ＿＿＿＿＿＿＿＿ 你的說話，他才會相信。

2. ＿＿＿＿＿＿＿＿ 你的成績達到標準，學校就會給你獎學金。

3. 除非下起滂沱大雨，活動 ＿＿＿＿＿＿＿＿ 會取消。

4. ＿＿＿＿＿＿＿＿ 練習的過程有多艱苦，我都會堅持參加這個比賽。

二、分辨以下句子是不是條件複句。是的，在括號內填
　　✓；不是的，在括號內填 ✗。

1. 只要你用心上課，成績就會進步。　　　　（　　　）

2. 這個故事不但有趣，而且還教導我們　　　（　　　）
　　很多人生道理。

3. 雖然弟弟的年紀小，卻非常勇敢。　　　　（　　　）

4. 除非班長生病了，否則他不會不上學。　　（　　　）

5. 無論太陽有多猛烈，農夫都辛勞地工　　　（　　　）
　　作。

6. 他是管弦樂團的成員，也是籃球隊的　　　（　　　）
　　隊員。

三、根據以下句子前分句的意思，續寫條件複句。

例子　不管天氣有多冷，弟弟都 會吃冰淇淋　　　　　　。

1. 只有大家同心合力，才＿＿＿＿＿＿＿＿＿＿＿＿＿

＿＿＿＿＿＿＿＿＿＿＿＿＿＿＿＿＿＿＿＿＿＿。

2. 不論你怎樣解釋，我們都 _____

_____ 。

3. 除非<u>天文台</u>除下八號風球，否則 _____

_____ 。

4. 只要你坦白說出真相，我就 _____

_____ 。

四、運用以下的關聯詞，寫條件複句。

例子　無論……都……

無論他的成績有多好，都不會自滿。

1. 不管……都……

_____

_____

2. 只要……就……

_____

_____

3. 除非……才……

_____

_____

4. 無論……都……

_____

_____

轉折複句

扭轉結局的辦法

　　明天就是<u>句式國</u>的周年大會，在大會舉行前，大臣們都會把新一年的計劃交給國王，然後等待他寫上回覆。國王會因應國家整體的情況，通過或否決各人的請求和建議，並在周年大會上宣讀和頒布。

　　這天晚上，國王相約了一班舊朋友共進晚餐，所以整個下午都在書房裏忙着審閱各人的計劃。由於國家的財政緊絀[1]，很多提

釋詞　① **緊絀**：不寬裕、不足、短缺。

議都被國王否決了，國王一面看，一面生氣地説：「每個計劃不是只管自己的利益，就是要很大的花費，這些大臣們根本沒有顧全大局，為國家着想！」古將軍要為軍隊添置新裝備、紅村要興建太陽能發電、綠村要重建魚池的淨化系統，以及黃村正發生水患，村長希望可以免税一年。國王心裏很不滿意，還沒有看清楚細節內容，一怒之下，竟然一口氣把桌上的計劃書全部否決了。

這時，大臣阿池正拿着一份計劃書站在國王的書房門外，等待着接見。他是一個很圓滑的人，善於交際，經常宴客送禮，跟很多大臣的感情要好，侍從阿東更是他多年的朋友，亦曾經受過阿池不少恩惠。

阿池知道國王將成立一個新外交部門，負責處理句式國與寫作國之間的合作事宜，

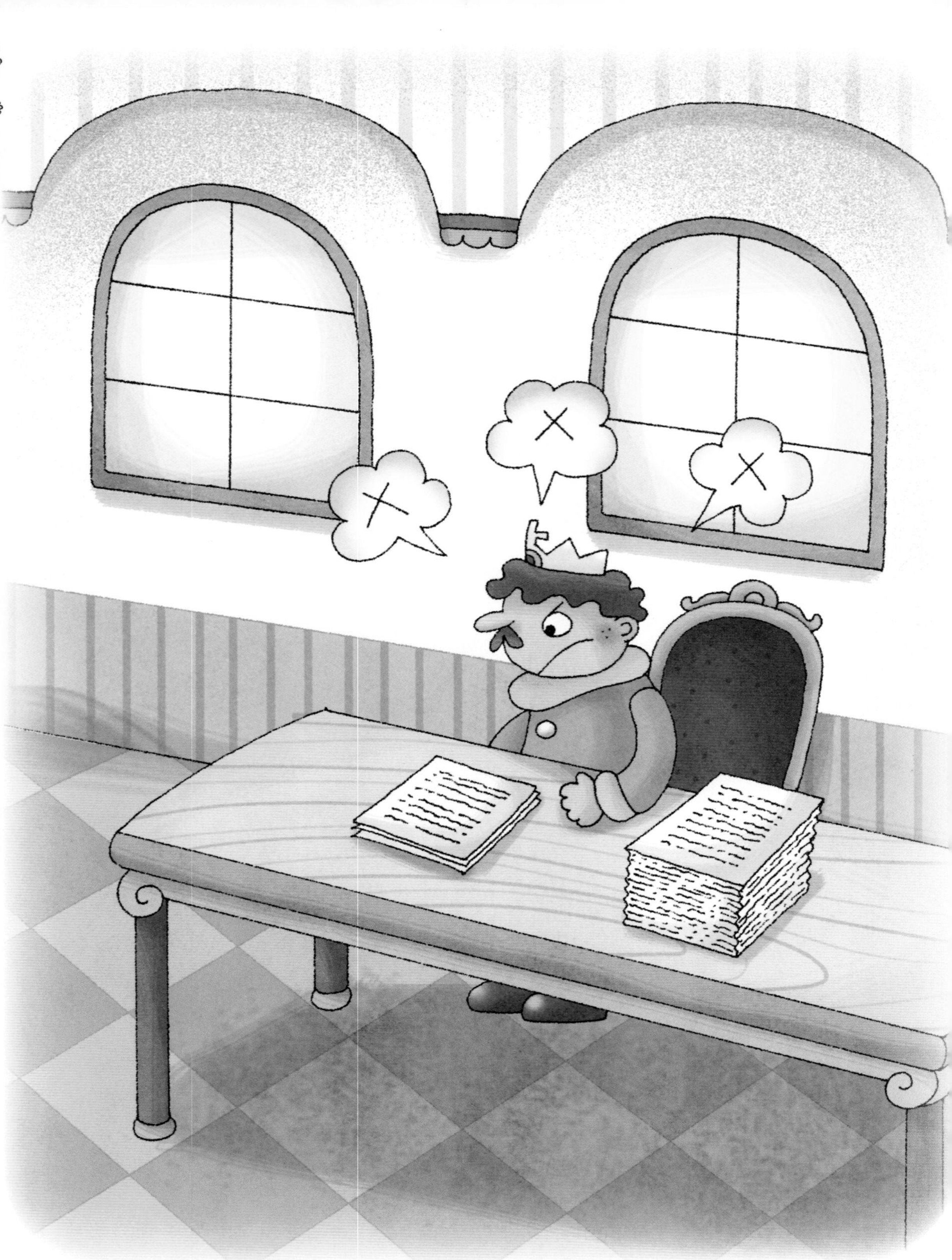

他很希望自己可以擔任統籌一職，為自己帶來更多的利益。當他正想推門而進的時候，被阿東阻止了，說：「雖然國王現在有空接見你，但是他的心情不太好，很多計劃書都被否決了。」阿東認為現在不是找國王商討的好時機，他請阿池還是不要把計劃書交給國王。

不久，國王便到了宴會廳，他吩咐廚師們做了幾個精美的小菜，招待幾個老朋友，他們一面吃飯，一面聊天，十分快樂。國王一時高興，還命人拿來幾杯紅酒，痛快地喝起來。國王一向很少飲酒，酒量不好，雖然只是喝了幾口，卻喝醉了，變得滿面通紅，說話有點兒含糊不清。

國王的心情很好，一面唱歌，一面左搖右擺地走回房間，想不到阿池竟然還在等

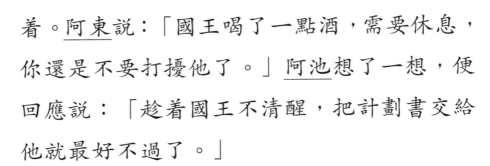

着。<u>阿東</u>説：「國王喝了一點酒，需要休息，你還是不要打擾他了。」<u>阿池</u>想了一想，便回應説：「趁着國王不清醒，把計劃書交給他就最好不過了。」

於是，<u>阿池</u>上前把計劃書遞給國王，心情大好的國王邀請他到書房裏商議。他把自

薦成為外交部統籌的建議交到國王的手中，並滔滔不絕地說出自己的想法，國王頭腦不太清醒，根本沒有仔細聽清楚，便一口答應了。

阿池見事情發展順利，不想錯過大好時機，還想借機除去他的「眼中釘」——阿

馬。阿馬是一個年紀老邁的大臣，為人正直不阿，而且機智聰明，曾多次識破阿池的詭計，令阿池討厭。他隨即拿起筆來，多寫了一項新的建議，他表示阿馬年紀不小，要求國王辭去阿馬的職位，讓他回鄉。阿東覺得阿池趁國王醉酒而提出無理要求，實在太狡猾，心裏很想阻止，不過又怕得罪他。

阿池怕國王醉醒後會改變主意，連忙把筆交到國王手中，並請他在計劃書寫上回覆。國王不以為意，在阿池的游說下，在計劃書上寫了：

> 阿池善於交際，適合擔任外交部統籌。
> 阿馬年紀不小，已到了退休的年齡。

　　阿池的計謀得逞①，滿心歡喜地離開王宮。國王休息了一會兒，便醒了過來，看到桌上有兩份阿池交來的計劃書，覺得很不妥，便向阿東問個究竟。他知道阿池的詭計後，感到非常生氣，想把計劃書上的回覆刪去重寫，正當他想下筆時，又停了下來，說：「雖然我當時頭腦不太清醒，但是這回覆的確是我親手寫上去的。作為一國之君絕不能食言，刪去後再寫似乎不太恰當。」國王一方面不想答應阿池的請求，一方面不想讓大臣們知道他醉酒的事，正處於兩難的局面，不知道怎樣做才好。

　　阿東看見國王不知所措，後悔自己沒有

釋詞　　① 得逞：計謀實現，目的達成。

63

阻止阿池，心想：雖然他是我的朋友，但是我也不能偏袒①他。於是，他替國王想出了一個辦法，說：「國王，我有一個兩全其美的辦法，既不會讓阿池得逞，又不用刪去原有的回覆，影響國王的聲譽。」於是，阿東請國王在回覆的句子中加上一些字，竟然讓句子出現了相反的意思。

「阿池善於交際，適合擔任外交部統籌」這一句，改成了「雖然阿池善於交際，適合擔任外交部統籌，不過我已有更好的人選」。

「阿馬年紀不小，已到了退休的年齡」一句改成了「雖然阿馬年紀不小，已到了退

釋詞　　① 偏袒：偏護一方。

休的年齡，但是他為人正直、經驗豐富，勝任外交部統籌一職」。

在周年大會上，國王宣讀並張貼出各大臣的建議和審核結果，阿池知道自己的計劃失敗了，他不但不能擔任外交部統籌一職，還給阿馬製造了一個晉升的機會，感到很失落。

周年大會後，阿東走到阿池的旁邊，說：「雖然你犯了錯，觸犯了法律，但是只要你肯痛改前非，國王一定會原諒你的。」

句子小教室

　　狡猾的阿池趁着國王喝醉酒，乘機向他提出兩個無理的請求。國王頭腦不太清醒，在模模糊糊下一口答應了。國王清醒後想把計劃書上的回覆刪去重寫，卻怕別人知道他醉酒一事而丟失面子。大公無私的阿東向國王獻計，提議運用轉折複句，為國王解決了一個難題。

什麼是轉折複句？

　　轉折複句中，由兩個有轉折關係的分句組成，前面分句與後面分句的意思相反或相對。

　　轉折複句中，可用一對的關聯詞或單一個關聯詞。

常見的關聯詞：

雖然 ／ 儘管……但是 ／ 可是 ／ 然而 ／ 卻

……不過……

……卻……

……可是……

……然而……

例子

1. 雖然阿馬年紀不小,已到了退休的年齡,但是他為人正直、經驗豐富,勝任外交部統籌一職。

2. 儘管國王當時的頭腦不太清醒,然而這回覆的確是他親手寫上去的。

3. 國王現在有空接見你,可是他的心情不太好,很多計劃書都被否決了。

4. 他是我的朋友,不過我也不能偏袒他。

5. 國王清醒後想把計劃書上的回覆刪去重寫,卻怕別人知道他醉酒一事而丟失面子。

句子練習

一、分辨以下句子是不是轉折複句。是的,在括號內填
　　✓;不是的,在括號內填 ✗。

1. 不少人喜歡趁假期外遊,可是我情
　　願留在家中休息。　　　　　　　　　（　　　　）

2. 雖然我不擅長烹飪,但我很用心鑽
　　研不同的菜式。　　　　　　　　　　（　　　　）

3. 因為工作繁忙,他退出了足球隊。　　（　　　　）

4. 儘管爺爺年過七十,卻每年參加馬
　　拉松比賽。　　　　　　　　　　　　（　　　　）

5. 小傑不但成績優異,還是一位運動
　　健將。　　　　　　　　　　　　　　（　　　　）

6. 外面風和日麗,可是我要留在家中
　　做功課,不能外出玩耍。　　　　　　（　　　　）

二、根據以下句子前分句的意思，續寫轉折複句。

1. 雖然我們很久沒見，卻 _____

   _____ 。

2. 儘管老師多番教導，但是 _____

   _____ 。

3. <u>樂心</u>把媽媽心愛的花瓶打破了，可是 _____

   _____ 。

三、運用括號內的關聯詞，把以下各組句子改寫成轉折
    複句。

例子 <u>阿力</u>的學歷不高。<u>阿力</u>是一家公司的主管。
    （雖然……卻……）

雖然<u>阿力</u>的學歷不高，卻是一家公司的主管。

_____

1. 外面下着大雨。足球比賽如常舉行。
   （雖然……但是……）

   _____

   _____

2. 他家境清貧。他經常捐款助人。（儘管……卻）

   _____

   _____

3. 嘉明的隊伍在比賽中落敗了。他們不會灰心。（然而）

   _____

   _____

答案

《幫倒忙的阿寶》 （P.21-23）

一、　1. A　　　　2. B

　　　3. C　　　　4. D

　　　5. A　　　　6. D

　　　7. D　　　　8. C

　　　9. D　　　　10. D

　　　11. A　　　　12. A

　　　13. B　　　　14. B

　　　15. B　　　　16. C

　　　17. D　　　　18. A

二、　1. 事情

　　　2. 時間

　　　3. 人物

　　　4. 地點

　　　5. 事情

三、　1. 早上，我和朋友在公園裏跑步。（參考答案）

　　　2. 晚上，我和爸爸在家裏看書。（參考答案）

　　　3. 星期日，我和家人到郊野公園野餐。（參考答案）

《放假還是不放假？》（P.36-39）

一、

	定義
肯定句	表示＿＿＿肯定＿＿＿意思的句子。
否定句	表示＿＿＿否定＿＿＿意思的句子。
雙重否定句	用兩個＿＿＿否定＿＿＿詞表示＿＿＿肯定＿＿＿語氣的句子。

二、　1. 肯定句

　　　2. 肯定句

　　　3. 否定句

4. 否定句

5. 雙重否定句

6. 雙重否定句

三、 1. 事情已經水落石出了，你不得不向大家認
　　　錯。（參考答案）

2. 這件事關乎到全班同學的利益，我一定要親
　　自去一趟。（參考答案）

3. 所有人要努力才能成功。（參考答案）

4. 明偉是一位運動健將，他不會不參加這個比
　　賽。（參考答案）

四、 1. 是

2. 接納

3. 讚賞

4. 會

《知難而退的王子》（P.52-55）

一、 1. 只有

2. 只要

3. 才

4. 無論

二、 1. ✔
2. ✘
3. ✘
4. ✔
5. ✔
6. ✘

三、 1. 能完成這個任務（參考答案）
2. 不會相信你（參考答案）
3. 學校會繼續停課（參考答案）
4. 原諒你（參考答案）

四、 1. 不管你是誰，都要遵守交通規則。
（參考答案）
2. 只要你有困難，我就會盡力幫忙。
（參考答案）
3. 除非食物已經變壞，媽媽才會把它們丟掉。
（參考答案）
4. 無論你多麼想要這件玩具，都不能胡亂花
費。（參考答案）

《扭轉結局的辦法》（P.69-71）

一、　1. ✔
　　　2. ✔
　　　3. ✘
　　　4. ✔
　　　5. ✘
　　　6. ✔

二、　1. 沒有忘記對方（參考答案）
　　　2. 他仍不肯改善（參考答案）
　　　3. 媽媽沒有責怪她（參考答案）

三、　1. 雖然外面下着大雨，但是足球比賽如常舉行。
　　　2. 儘管他家境清貧，卻經常捐款助人。
　　　3. 嘉明的隊伍在比賽中落敗了，然而他們不會灰心。